CHARTE

DE

GUILLAUME-LE-BATARD

DUC DE NORMANDIE

ET ENSUITE ROI D'ANGLETERRE

PAR

M. COUPPEY

Directeur adjoint de la Société Académique de Cherbourg.

CHERBOURG

IMPRIMERIE DE MARCEL MOUCHEL, RUE NOTRE-DAME, 4

—

1851

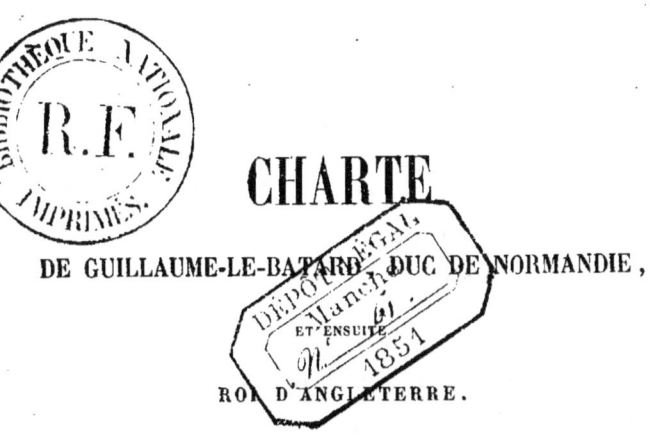

CHARTE

DE GUILLAUME-LE-BATARD, DUC DE NORMANDIE,

ROI D'ANGLETERRE.

Cette charte si importante pour l'histoire de Cherbourg et généralement pour celle du moyen âge Normand, a été longtemps réputée perdue. Les auteurs du *Gallia Christiana* en publièrent des fragments tirés des archives de l'évêché de Coutances, fragments tellement décousus et sans liaison, qu'on voit bien que l'original était déchiré, ou pourri en partie, ou oblitéré. Ce qu'on démêle de plus positif dans cette copie imprimée, c'est que le duc Guillaume, malade à Cherbourg, avait fait un vœu. Le savant investigateur, M. Dubost, archiviste du département, a trouvé dans les archives dont il est un si habile conservateur une copie de la charte primitive déposée au chartrier du château de Cherbourg. Cette copie était ce qu'on appelle un *Vidimus*, rédigé par un conseiller du roi de Navarre qui possédait Cherbourg dans son apanage. On en usait toujours ainsi quand l'existence du titre primordial était menacée par la vétusté, et cette copie authentique en tenait lieu. Ainsi, nous possédons, grâce à M. Dubost, l'intégralité de cette charte qu'on croyait à jamais perdue.

1851

CHARLES par la grace de Dieu Roy de Navarre et conte dEvreux à touz ceulz qui ces presentes lettres verront salut. Savoir faisons que nous avons fait estraire du Cartulaire et evangelier de la capelle ou eglise de nostre chastel de Cherebourg la copie de certaines lettres contenues en icellui contenant la fourme qui sensuit.

In nomine sancte et individue Trinitatis ego peccator Willielmus Dei gracia dux Normannorum ad servicium Dei genitricis et virginis Marie aliorumque sanctorum nomine et merito Deo cognitorum quorum reliquie in capella castelli Carisburgensis mei debita veneratione coluntur ibidem consilio et concensu filiorum sancte matris Ecclesie clericos constitui cum uxore mea Mathilde nomine canonica institutione servientes pro salute nostra et tocius populi catholici quos a secularibus vacantes et divinis ex debito intendentes mercede debita divina jussione sic laborantes ecclesiastice hereditavi. In quibus ne de medio, ut evenit, suboriretur questio singula singulis subnotavi divise, que, ne cujusvis violatoris vis dolusve imminuat, sigillo anathematis munita catholicus populus credat. De proprio dominatu meo cum reducione et habita tranquilitate concessi Sancte Marie supradicte Ecclesie ad debitum usum clericorum ibidem ad serviendum constitutorum in primis duobus molendinum de Roca et totam aquam usque ad pontem et terram de Othevilla et uni eorum terram ad unam carrucam in Torlachvilla et alteri secreto tantumdem in Sceldrevilla et terram singulis ad edificationes in burgo supradicti

CHARLES par la grâce de Dieu Roy de Navarre et comte d'E-
vreux à tous ceulx qui ces presentes lettres verront salut. Savoir
faisons que nous avons fait extraire du Cartulaire et evangelier de
la capelle ou eglise de nostre chastel de Cherebourg la copie de
certaines lettres contenües en icelui contenant la fourme qui suit :

Au nom de la sainte et indivisible Trinité, moi pécheur Guillaume par la grâce de Dieu duc des Normands, pour le service
de la mère de Dieu et vierge Marie et des autres saints connus
de Dieu, par leur nom et leur mérite, dont les reliques sont
honorées avec due vénération dans la chapelle de mon château
de Cherbourg, par le conseil et du consentement des fils de
notre sainte mère Eglise j'ai fondé *ibidem* un clergé avec mon
épouse Mathilde pour servir Dieu en vertu d'une institution
canonique pour notre salut et celui de tout le peuple catholique
et vivre loin des choses du siècle ne s'occupant que des choses
divines moyennant une due récompense, c'est pourquoi pour
qu'ils puissent vaquer à ce travail je leur ai constitué des héri-
tages et j'ai assigné chaque don séparément à chacun d'eux afin
qu'il ne s'élève point de contestation et pour que la violence
ou le dol d'un profanateur quelconque n'y puisse porter atteinte;
il faut que le peuple catholique sache que ces donations sont
munies du sceau de l'anathème.

De mon propre domaine j'ai concédé à la susdite église de
Sainte Marie pour les besoins des clercs établis pour y faire le
service, d'abord à deux d'entre eux le moulin de la Roche et
toute l'eau jusqu'au pont et la terre d'Otheville, et à l'un d'eux
la terre d'une charrue à *Torlachville*, et au second à part une
charruée de terre de même à *Skeldreville*; je concède du ter-
rain à chacun d'eux pour bâtir dans le bourg à prendre sur

mei et propriam domum unicuique infra castellum et duos porcos
V. solidorum in Nativitate Domini et viginti solidos in Pascha.
Preterea Willielmus de Wavilla constituit unum clericum ad
serviendum jam dicte Ecclesie pro anima sua et uxoris sue filio-
rumque suorum necnon et pro anima et salute comitis et uxoris
sue filiorumque suorum de suo dominio ecclesiam de Aurenoio
cum omnibus decimis ad ipsam pertinentibus et in eadem insula
terram ad tres boves concessit ad usum clerici concessu comitis et
in Sceldrevilla molendinum quod adjacet prope monasterium
ejusdem ville et in ipso burgo unum burgensem ex dono comitis
et eandem communitatem sicut duobus aliis scilicet duos porcos
V. sol. in Nativitate Domini et viginti solidos in Pascha et secreto
dimidiam decimam molendinorum suorum de Gerneroio. Conces-
sit huic comes et omnibus in commune decimam unius vacarie et
silvam ad proprias domos per liberationem forestariorum. Supra
hec Hugolinus Forestarius pro sui uxorisque filiorum quoque
anima duobus ex parte comitis constitutis eo pacto ut filium
suum doceant unum pratellum ad molendinum de Rocca per quod
aqua dirigitur concessit. De his vero fuerunt testes qui consule ab
infirmitate resurgente interfuerunt scilicet ipse W. Normanno-
rum Comes et in carta suum sigillum posuit et Madhildis uxor
sua et Robertus comes Cenomannis et Ricardus suus frater et
Hugo de Monteforti et Robertus Bertramus et Robertus Grenon
et Wills de Walvilla et W. filius ejus et Eudo. Factis vero tribus
canonicis scilicet Roberto filio Theolfi et Turulfo et Galtero quos
consul W. constituit in ipsa infirmitate sua quam habuit Cesaris-

mon domaine, et une maison particulière à chacun au dessous du château ; je leur accorde deux porcs de cinq sous le jour de Noël pour leur consommation et vingt sous à Pâques.

En outre, Guillaume de Vauville a constitué au service de ladite église un clerc pour le salut de son âme, de celles de sa femme et de ses enfants et de plus pour l'âme et le salut du Duc, de son épouse et de leurs enfants ; il a donné de son domaine l'église d'Aurigny avec toutes les dîmes qui lui appartiennent et dans la même île une terre de trois bœufs, et dans *Skeldreville* un moulin qui est auprès du monastère dudit village, et il a donné dans le bourg même un bourgeois avec l'assentiment et la coopération du Duc à ce don ; il aura le même avantage que les deux autres, à savoir deux porcs de cinq sous le jour de Noël et vingt sous le jour de Pâques et à lui séparément il a donné la moitié de la dîme de ses moulins de Guernesey. Le Duc a concédé à ce chanoine et à tous en commun la dîme d'une vacherie et du bois dans la forêt pour bâtir leurs maisons à la décharge des forestiers.

Outre cela Hugolin le Forestier, pour son âme, pour l'âme de sa femme et celle de ses enfants, donne aux deux chanoines établis par le Duc, à la condition qu'ils donneront l'éducation à son fils, un pré joignant le moulin de *la Roche* par lequel l'eau est dirigée.

De ce furent témoins, qui tous ont assisté au rétablissement du Duc, savoir, le Duc des Normands lui-même qui a fait apposer son sceau sur la charte, et Mathilde son épouse, et Robert comte du Maine, et Richard son frère, et Hugues de Montfort, et Robert Bertram, et Robert Grenon, et Guillaume de Vauville, et Guillaume son fils, et Eudes.

Trois chanoines ont été nommés, savoir, Robert fils de Théolf, et Touroult et Gaultier, que le Duc Guillaume a établis dans sa maladie même qu'il a éprouvée à Cherbourg et pendant

burgo in qua vovit se facere canonicos in supradicta ecclesia Sancte Marie si Deus et sancta Maria resuscitarent eum ab ipsa infirmitate in qua fuit pene omnino de vita desperatus et ad terram depositus ut jam moriturus datis reliquiis Sanctorum eidem ecclesie carioribus quas in sua capella gestabat. Quasi resuscitatus et propter recuperatam sanitatem letificatus ut prefate sancte Marie adimpleret votum per cujus intercessionis erga Filium miraculum credebat se vite redditum fecit dedicare ejusdem Virginis ecclesiam ipseque interfuit, deditque ei in dotem unam quadrugatam terre in Gersoio in commune canonicis et jussit fieri aliam ecclesiam extra castellum et incipi de suo proprio ad cujus fundamentum incipiendum Madhildis comitissa dedit centum solidos et consul commutavit terram ad cymiterium pro uno pede duos de suo dominio ut sua capella remaneret suis canonicis ex toto quieta et propria. Postea cum tribus supradictis constituit quinque alios canonicos ut octo essent septimanarii quibus dedit tam de elemosinis non antea adjacentibus ecclesie ita tamen ab antecessoribus suis constitutis quam de suo proprio constituto et de emptionibus Willi Walville eaque subsequuntur singulis et precepit ut si que elemosine circa et prope hanc ecclesiam deliberarentur que non adjacerent alicui ecclesie non in suo dominio reverterentur et huic ecclesie converterentur et quando canonicus moreretur prebenda in communi omnium haberetur donec alius canonicus restitueretur. Restituto vero canonico Unfrido filio Ricardi Ansgerville loco Willi de Buisson, pater ejus concessu Henrici Regis dedit ei ad augmentum prebende has centum solidatas : de VI. acris

laquelle il fit le vœu qu'il établirait des chanoines dans la susdite église de Sainte Marie, si Dieu et sainte Marie le rétablissaient d'une maladie dans laquelle on désespéra de sa vie et il fut déposé à terre comme un homme qui va expirer, donnant à cette église les reliques les plus chères qu'il portait dans sa propre chapelle, étant pour ainsi dire ressuscité de la mort et joyeux d'avoir recouvré la santé, pour remplir le vœu fait à Sainte Marie par l'intercession de laquelle auprès de son Fils il croyait avoir été rendu à la vie par un miracle; il a fait faire la dédicace de l'église de la bienheureuse Vierge et a donné en dot à cette église *une charruée* de terre dans l'île de Jersey pour appartenir en commun aux chanoines, et il a ordonné qu'il fût bâti une autre église en dehors du château et qu'elle fût commencée à ses frais; pour en faire les fondements la duchesse Mathilde a donné cent solides, et le Duc a échangé une terre pour faire un cimetière, deux pieds pour un, afin que la chapelle restât avec ses chanoines tranquille et indépendante. Ensuite avec les trois susdits il a établi cinq autres chanoines, pour être huit semainiers, auxquels il a donné tant de son propre que des aumônes accordées par ses ancêtres à d'autres qu'à cette église et des achats faits par Guillaume de Vauville, les biens qui suivent à chacun d'eux, et il a ordonné que si quelques *aumônes* auprès ou aux alentours de cette église devenaient libres et ne seraient point adjacentes à quelques autres églises, elles ne rentrassent point dans son domaine et fussent converties en domaine de l'église sus-nommée. Lorsqu'un chanoine mourra, sa prébende vertira au profit commun des autres jusqu'à ce qu'un autre chanoine soit établi.

Un chanoine ayant été établi, savoir Onfroi fils de Richard d'Ansgerville à la place de Guillaume de Buisson, son père, de l'assentiment du roi Henri, a donné pour augmenter la prébende les cent sous de rente que voici : de six acres de terre

Cesarisburgi XII. quarteria frumenti que appreciata sunt XXXVI. sol. et de Heldeardivilla V. quarteria frumenti et de molendino Engleville III quarteria frumenti et hec VIII quarteria appreciantur XXIIII. solidos. Et iterum de Heldeardīvilla XVI. quarteria avene pro totidem solidis et de eadem villa III. quarteria ordei pro IIII. solidis et dimidio et de servicio IIII. hominum ejusdem ville pro regardo et operibus et costumis X. solidos et in molendino Vadi III. quarteria frumenti et pratum Eschedreville quod mercatus est Ricardus de filio Bertrami dedit etiam ci. Et hec omnia appreciata sunt C. solidos. Primo scilicet de quinque canonicis Judicaello dedit XIIII. denarios per unamquamque diem pro quibus postea dedit ei in Graneroio insula C. acras terre in parrochia Sancti Martini de Berlosa de suo dominio et ecclesiam totam preter duas garbas quas habebant monachi Sancti Martini Majoris monasterii et in Cesarisburgo unam domum et unam acram terre et triginta solidos in teloneo tam in porcis quam denariis et suam costumam sicut aliis supradictis in feria et foro et foresta et suam molturam quietam donec faceret suum molendinum in Graneroio. Secundo vero cuidam suo capellano Odoni Saliultro concessit juxta Carentonium terciam partem ecclesie Sancti Petri de Sanctineis et quartam partem terre filiorum Constantini scilicet sex vavassores, quod Nigellus filius Constantini dimisit consuli quando ivit in Apuliam ut faceret inde prebendam Cesarisburgi cum alio augmento quam mox habuit Odo, et consensu comitis concessit in augmento quod habebat de capella comitis in Constantino, scilicet circa XL solidatas redditionis in Valleduno et decimam molendini Cesarisburgi quem consul dederat duobus primis canonicis et dimidiam decimam molendinorum Garneroii contra tercium canonicum. Tercio vero scilicet

labourable à Cherbourg douze quartiers de froment qui furent évalués à 36 sous; de *Héauville* cinq quartiers de froment, et du moulin d'*Angleville* trois quartiers, et ces huit derniers quartiers sont évalués à 24 sous; au même endroit de *Héauville* seize quartiers d'avoine pour le même nombre de sous; du même lieu trois quartiers d'orge pour 4 sous et demi, et du service de quatre hommes du même endroit pour la surveillance, les ouvrages et les coutumes 10 sous, et au moulin du Vey trois quartiers de froment et le pré d'*Eschedreville*, que *Richard* a acheté du fils de Bertram, et toutes ces choses ont été estimées à cent sous. De plus au premier des cinq chanoines nommé *Judicaël* il a donné 14 deniers par jour, en remplacement de quoi il lui donna ensuite dans l'île de Guernesey cent acres de terre dans la paroisse de Saint-Martin de *Berlose* de son domaine et toute l'église, excepté deux gerbes qu'avaient les moines de Saint-Martin de Marmoutier, et à Cherbourg une maison et un acre de terre et 30 sous au bureau du péage d'entrée tant en porcs qu'en deniers; ils auront leurs franchises dans la foire, dans le marché, dans la forêt, et leur mouture gratuite jusqu'à ce que le donateur ait fait un moulin dans l'île de Guernesey. Au second chanoine, son chapelain Odon, il a concédé auprès de Carentan la troisième partie de l'église de Saint-Pierre de Saintiny, et la quatrième partie de la terre des fils de Constantin, savoir, six vavasseurs que Neel fils de Constantin céda au Duc de Normandie en partant pour l'Apulie pour lui servir à établir une prébende à Cherbourg en y ajoutant quelque chose, prébende qu'a obtenue ledit Odon, et du consentement du Duc il avait ajouté ce qu'il touchait de revenu de la chapelle du Duc dans le Cotentin, savoir, environ 40 sous de revenu à *Valedun*, et la dîme du moulin de Cherbourg que le Duc avait donnée aux deux premiers chanoines, et la moitié de la dîme du moulin de Guernesey. Il a donné au troisième nommé Boniface, tant en

Bonifacio dedit tam in segete quam carne et caseo et denariis unoquoque anno quod fuit computatum octo libras et XIIII. denarios et in Noievilla unum hominem cum terra sibi adjacente et in Valleduno XX. solidatas terre. Quarto autem Osberno sacerdoti dedit tam in segete quam carne et caseo et denariis quod fuit computatum IIII. libras minus duobus denariis et in Escheldrevilla unam domum cum terra sibi adjacente et in Cesarisburgo aliam et hec ita dedit illi donec perspiceret unde adaugeret ei. Quinto vero Ansgoto sacerdoti Wills de Walvilla pro amore comitis et anima sua dedit unam quadrugatam terre in Nouivilla quam emerat costumariam. Consul vero concessit canonico quietam. Dedit etiam aliam quadrugatam in Aurenoio quam W. emerat de elemosina Turgoti Turlacville ad opus canonici concessu Consulis et concessit W. de Walvilla ut Consul esset inde protector et dator hoc pacto ut Consul daret ei quietanciam et costumas sicut aliis. His vero quinque sicut supradictis tribus Consul concessit suas costumas tam in feria quam foro et foresta et insuper dedit eis omnibus in commune dextram alam crassi piscis de werec a Tharello usque ad Tharam fluvium et quando veniret Cesarisburgum suam liberationem sicut suis capellanis. Posuit autem Consul custodem ecclesie Anschitillum cui dedit tantum quod fuit computatum L. et II. solidos et unum burgensem posuit ad inveniendum sepilumen. Comitissa vero que sparsis capillis super altare posuit comitis vagium ut Deus et Sancta Maria redderent sibi suum carissimum maritum, Comite sanato, exhilarata ex sua parte juvit Consulem in ecclesie restaurationem. Posuit autem clericos cano-

blé qu'en viande et fromage et deniers chaque année un revenu évalué à 8 livres et 14 deniers, et à Noinville un homme avec la terre qui lui est annexée, et à *Valledun* 20 sous de revenu en terre. Au quatrième nommé Osbern, prêtre, il a donné tant en blé qu'en viande, fromage et deniers un revenu annuel évalué à 4 livres moins deux deniers et en la paroisse d'Esche-dreville une maison avec la terre adjacente et à Cherbourg une autre maison ; et ces choses lui furent données en attendant que le donateur augmente sa donation, ce qu'il se propose ; au cinquième chanoine nommé *Ansgot*, prêtre, Guillaume de Vauville pour l'amour du Duc et pour son âme a donné une *charruée* de terre à Nouainville qu'il a achetée sujette aux coutumes ; mais le Duc l'a affranchie de toutes ces coutumes ; il lui a donné aussi une *charruée* à Aurigny, que ledit Guillaume a achetée de *Turgot* de Tourlaville pour servir de dotation à un chanoine, sous la condition que le Duc s'en rendrait le protec-teur et le donateur, et libèrerait cette terre de toutes les *cou-tumes* auxquelles elle est sujette envers le Duc, comme le Duc l'a fait à l'égard des autres. A ces cinq chanoines, comme aux trois susdits, le Duc a remis toutes les *coutumes* tant dans la foire que dans le marché et dans la forêt ; de plus il leur a donné à tous en commun l'aile droite du poisson gras qui s'é-chouera depuis *Tharel* jusqu'à la rivière de *Thara*, et quand il devrait venir à Cherbourg il leur promet les mêmes fournitures en argent, en boire et manger, qu'à ses chapelains ; il a établi garde de l'église *Ansquetil*, à qui il a donné des revenus à 52 sous, et un bourgeois a été établi pour avoir soin du lumi-naire. La duchesse ayant coupé ses cheveux et les ayant dépo-sés sur l'autel comme un gage de son mari, pour que Dieu et la Sainte Vierge lui rendissent son très-cher époux, le Duc une fois guéri, la Duchesse joyeuse a aidé de grand cœur le Duc dans la restauration de l'église ; en conséquence, elle a

nicis et adjutores, unum scilicet diaconem nomine Willm cui dedit tantum quod fuit computatum LX. et XII. solidos et cuidam Anschitillo cognomine Regnie clerico tantumdem. Jussit etiam Consul ut quidam clericus cognomine Passelesames cum tortis pedibus de elemosina sua de Gersoio que valebat XL quarteria frumenti ecclesie esset serviens et obnoxius et Ranulfus sacerdos de quadam quadrugata terre que est in parrochia Sancti Salvatoris in Gersoio. Postquam vero Consul Deo adjuvante de Consule Rex Anglie est factus, de adquisitione sua dedit canonicis unum manerium omnibus in commune in marchia Doresete et Devenesire situm Harpeffort vocatum. Henricus vero Rex filius ejus pro anima uxoris sue Mathilde dedit de Escheldrevilla et Turlavilla canonicis lanam et linum.

Lesquelles sont en dit chartrer et evangelier afin de perpetuel memore. En tesmoing de ce nous avons fait mettre a ces presentes nostre petit scel qui furent faites et données en nostre dit Chastel de Cherebourg le XIVe jour de decembre lan de grace Mil CCC soixante et neuf.

Collation faite en la presence de Mestre Michel Durant, conseiller du Roy, le jour dessus dit.

Signé : GREVE.

établi des *clercs* auxiliaires des chanoines, savoir un diacre nommé *Guillaume*, a qui elle a donné un revenu évalué 72 sous, et à un autre clerc nommé Ansquetil, surnommé *Régnie*, autant. Le Duc a ordonné qu'un autre clerc surnommé *Passe-les-Ames*, qui a les pieds tors, ait sur sa terre d'aumône à Jersey une valeur de 40 quartiers de froment, pourvu qu'il reste attaché à l'église, et à Renouf, le prêtre, le revenu d'une *charruée* de terre dans la paroisse de Saint-Sauveur à Jersey.

Après que le Duc, par l'aide de Dieu, de Duc fut devenu Roi d'Angleterre, il donna de sa conquête aux chanoines un manoir, à tous en commun, situé dans la Marche de Dorset et Devonshire nommé *Harpefort*. Le Roi Henry son fils, pour l'âme de sa femme Mathilde a donné d'*Eschedreville* et de Tourlaville aux chanoines la laine et le lin.

Lesquelles sont lesdites *Chartes* en dit chartrier et evangelier, afin de perpétuel souvenir. En temoing de ce nous avons fait mettre à ces présentes notre petit scel qui furent faites et données en notre chastel de Cherbourg le XIVᵉ jour de décembre l'an de grace Mil CCC soixante-neuf.

Collation faite en la presence de mestre Michel Durant, conseiller du Roy, le jour dessus dit.

Signé : GREVE.

Après avoir traduit cette charte, je me proposais de l'accompagner de commentaires évidemment indispensables, lorsqu'en y travaillant j'ai vu s'accroître la matière au point qu'il m'a semblé y trouver à résoudre assez de questions pour faire un ouvrage : Nous avons donc résolu de nous borner, quant à présent, au texte de la Charte et à notre traduction et d'ajourner à la publication du volume qui suivra celui-ci qui est sous presse, la solution des questions suivantes :

1° A quelle époque a commencé le nom de *Cæsarisburgus* pour exprimer Cherbourg, au lieu de *Carisburgus* ?

2° Quel était le sens précis du mot *Clercs*, *Clerici*, dont il est si souvent parlé dans les lois et chartes ?

3° Époque de la Charte en question dont la date n'est énoncée nulle part ?

4° Ne résulté-t-il pas des circonstances historiques et de son texte même qu'elle a été faite en plusieurs fois, par des additions au texte primitif ?

5° Quel était le nom originaire, primitif, des paroisses dont les noms sont énoncés dans la Charte : *Otevilla*, que nous appelons Octeville ; *Torlachville* que nous prononçons Tourlaville ; *Sheldreville*, que nous nommons Equeurdreville ?

6° Qu'était-ce qu'une *bovée* de terre, une *charruée* ? une *solidata* ? Ces désignations naturellement vagues n'ont-elles pas été précisées géométriquement ? A quelles époques ?

7° Pourquoi le Duc de Normandie est-il partie dans les donations d'un seigneur ? Esprit du régime féodal pur ?

8° Rechercher les traces des domaines donnés à Tourlaville et Equeurdreville ?

9° Quel était le monastère du village d'Equeurdreville à l'époque de Guillaume-le-Bâtard ?

10° Qu'était la donation d'un *bourgeois* ? Quels étaient les droits des *bourgeois*, ou des agriculteurs, donnés avec les domaines ?

11° Qu'étaient les *vacheries* et comment étaient-elles régies ?

12° Quelle était l'administration des forêts et spécialement de la forêt de Brix ?

13° Qu'étaient les témoins d'un acte à une époque où ils ne savaient pas écrire, et comment se constatait leur présence ?

14° Quel était l'administration et la législation des dîmes ?

15° Quelle fut l'église bâtie par Guillaume en dehors du château, *castellum* ?

16° Le Moulin de *Roca* existe-il encore, ou au moins un moulin en remplacement ?

17° Comment faut-il entendre les limites fixées par les mots : à *Tharello usque ad Tharam* ?

18° En quoi consistaient les *coutumes* sur des biens ruraux , ou dans les foires et marchés ?

19° Où retrouver *Valdun* dont il est question dans la charte ?

20° Anecdotes sur le surnom de *Passe-les-Ames* , donné à un clerc ?

21° Que signifiait le don d'un *homme*, avec son annexe, maison , ou domaine rural ?

22° Que signifiait le don d'une église ? Quels en étaient les honneurs et profits ?

23° Qu'entendait-on par des *vavasseurs, vavassores ?* Leur différence d'avec d'autres classes de la société également comprises dans des donations ou des ventes ?

24° Qu'était le quartier de froment ?

25° Evaluer et comparer avec nos mesures et monnaies les diverses mesures et monnaies énoncées dans la charte ?

26° Qu'était la *Chapelle du Duc, Capella Comitis ?*

27° Que signifie *sepilumen ?*

28° Que signifie *pro regardo ?*

29° Rapprocher du sacrifice des cheveux de la Duchesse Mathilde, d'autres exemples soit de l'antiquité, soit du moyen-âge?

Il est aisé de voir que la solution de ces questions c'est l'analyse du moyen-âge tout entier. Je tâcherai de l'exécuter, toutefois avec l'aide de mon docte ami Léopold Delisle, que je regarde comme un des premiers archéologues de France, et un digne successeur des Ducange, Mabillon, Millin et autres. Mais ce travail ne peut qu'être d'une certaine étendue, et je tiens beaucoup à ce que me bornant aujourd'hui à l'impression du texte de la Charte et de sa traduction, il reste de la place pour les travaux de nos jeunes collègues.

COUPPEY.

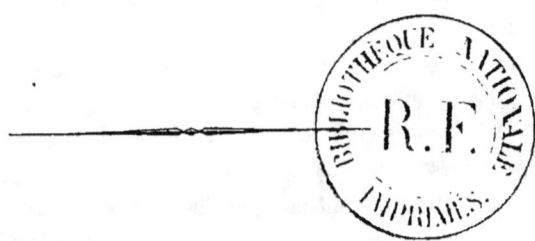

(Extrait des Mémoires de la Société nationale Académique de Cherbourg.)

Cherbourg.— Imprimé par Marcel MOUCHEL.

www.ingramcontent.com/pod-product-compliance
Lightning Source LLC
Chambersburg PA
CBHW072219210626
46818CB00014BA/2805